통방울 솔랑 졸랑

| 박성선 지음 |

청어

퉁방울 솔랑 졸랑

박성선 지음

발행처 · 도서출판 **청어**
발행인 · 이영철
영   업 · 이동호
기   획 · 최윤영 | 김홍순
편   집 · 김영신 | 방세화
디자인 · 김바라 | 오주연
제작부장 · 공병한
인   쇄 · 두리터

등   록 · 1999년 5월 3일(제22-1541호)

1판 1쇄 인쇄 · 2011년 5월 15일
1판 1쇄 발행 · 2011년 5월 25일

주소 · 서울시 서초구 서초동 1588-1 신성빌딩 A동 412호
대표전화 · 586-0477
팩시밀리 · 586-0478

블로그 · http://blog.naver.com/ppi20
E-mail · ppi20@hanmail.net
ISBN · 978-89-94638-45-4 (03810)

책을 내면서

맑게 빛나는 눈망울로 따라다니며 언제나 예쁜 손을 내미는

너무 사랑스러운 울 아가들의

그 손에 꿈, 희망, 행복, 그런 것들을 쥐여 주고 싶습니다.

자라면서 때로 어려움을 만날지라도 절대 실망하지 않는 투지, 끈기, 노력도 함께…….

아무쪼록 울 아가들에게 꼭 필요한 자양분이 되기를 간절히 소망해 봅니다.

박성선

봄이라지만 아직 바람이 찹니다. 그래도 청석공원의 개울가 양지 녘에는
조그맣고 예쁜 꽃들이 빨강, 파랑, 노랑으로 무리지어 바람 따라 하늘거립니다.

　도랑의 두꺼웠던 얼음은 언제 사라졌는지요. 다리 밑으로 돌돌 거리며 물이 흐릅니다. 그리고 조금 더 깊은 물 속에서는 지금 막 붕어 은빛이와 금빛이가 결혼했어요. 물방개, 개구리, 미꾸라지 등 이웃들이 축하해주었어요. 알리지 않았는데 어떻게 알았는지 참새 쨍 아줌마도 날개를 파닥이며 축하한다고 쨍쨍거렸습니다.

붕어랑 참새가 어떻게 친하냐고요? 그건 그럴 수밖에 없답니다. 그러니까 작년 가을, 아기 참새 한 마리가 까불다가 물속으로 떨어졌습니다. 물속에선 깜짝 놀랐지요. 아니! 웬 아기 참새야? 너 여기 웬일이니? 아기 참새는 아무 대답 없이 다리만 바르르 떨 뿐이에요. 쟤가 헤엄도 못 치나 본데? 기절한 거 아냐? 그냥 놔두면 죽을 텐데? 모두 한마디씩 하며 바라만 봤답니다. 때마침 놀러 나온 금빛이와 은빛이도 아기 참새를 봤습니다. 밖에서 엄마 참새 울부짖는 소리가 들렸습니다.

"아가! 아가! 정신 차리고 어서 이리 나와!"

금빛이가 아기 참새 곁에 가서 야! 얼른 물에서 나가! 하고 소리칩니다. 들었는지 못 들었는지 아기 참새는 또 다리만 바르르 떠네요. 보다 못 한 금빛이가 아기 참새를 밀어서 밖으로 내보내려 했습니다. 은빛이도 도와주려 했습니다. 아무리 둘이 애써도 아기 참새는 금빛이, 은빛이 힘으로는 감당이 안 되네요.

"어떻게 해! 이러다 죽겠어!"

때마침 개구리 퉁이가 나타났습니다. 금빛이가 소리쳤어요.

"친구야! 마침 잘 왔다. 어서 얘 좀 물 밖으로 내놓자."

퉁이는 별로 내켜 하지 않습니다.

"그까짓 참새 내버려둬. 살려주면 뭘 해? 우리를 제 먹이로나 삼을 텐데."

"아무리 적이지만, 생명은 귀한 거야. 우선 살려주고 이야기하자."

금빛이가 간절히 말했어요.

　할 수 없이 퉁이는 참새 날개를 입에 물었습니다. 그리고 물 밖으로 끌어냈습니다. 나오자마자 아기 참새가 물을 토했습니다. 마음을 졸이며 바라보던 금빛이, 은빛이는 펄쩍 뛰었어요.

　"와! 살았다!"

　엄마 참새 쨱 아줌마가 울면서 말했습니다.

　"고맙습니다! 정말 고맙습니다!"

　퉁이는 정색을 하고 대답했습니다.

　"나보다 붕어 금빛이, 은빛이에게 인사하세요. 쟤들이 얘를 살리려고 무지 애썼어요. 그리고 부탁인데 고마운 줄 알면 우리 좀 잡아먹지 마세요!"

　쨱 아줌마는 금빛이, 은빛이에게 수없이 머리를 조아렸습니다.

　"다시는 물 근처에도 안 갈 거예요! 정말, 약속해요!"

　그때부터 금빛이, 은빛이와 쨱 아줌마는 친하게 지낸답니다. 물론 개구리 퉁이도 같이요.

신혼부부는 물속을 요리조리 헤엄치며 둘이서 살 집을 어디다 만들까 고민했습니다. 커다란 바위 밑은 너무 넓어서 아무나 슬쩍 들어올까 봐 곤란하고요. 개구리밥, 애기말즘, 물달개비, 창포 등 수초들이 너무 많이 우거진 곳은 드나들다가 꼬리지느러미가 수초에 감길까 봐 걱정이에요. 어디가 좋을까? 조금 있으면 은빛이는 알을 낳게 되거든요.

"우리 아기들과 함께 마음 놓고 살 집이 필요해."

"여긴 어떨까?"

마침내 좋은 곳을 발견했습니다. 바위틈에 작은 굴이 있는데 수초가 적당히 우거져 입구를 가려주었어요. 둘이는 좀 더 편한 집을 만들기 위해 모래를 물어다가 깔기 시작했어요. 일이 끝나자 은빛이가 알을 낳았어요. 금빛이는 아빠가 되고 은빛이는 엄마가 된 거예요. 둘이는 사이좋게 알들을 돌아봅니다. 아빠 금빛이가 만족스럽게 말했습니다.

"우리 아가들이 곧 깨어나겠지?"

"아이 좋아! 우리 아가들이 얼마나 예쁠까?"

엄마 은빛이는 꼬리지느러미를 흔들며 호들갑을 떱니다. 사실 뭐 그렇게 좋아할 일만도 아닙니다. 아기들을 기르는 게 이만저만 힘든 일이 아니거든요.

　마침내 아기들이 알에서 깨어납니다. 아빠 금빛이랑 엄마 은빛이 작았을 때 모습 고대로요.

　"아이 예뻐, 우리 아가들!"

　아빠와 엄마는 기뻐 어쩔 줄 모릅니다. 때마침 개구리 퉁이 지나가다가 들렀어요.

　"금빛아 축하해! 덕분에 난 삼촌이 됐네?"

　"고마워, 너도 어서 결혼해."

　독신주의자 퉁 삼촌은 뽀르르 가버립니다. 금빛, 은빛으로 반짝이는 아기 붕어들은 너무 예뻐요. 그런데 한 녀석은 빛깔이 어째 좀 다르네요. 이웃들이 아기 구경을 왔어요.

　"애는 좀 거무스름하네요."

　"게다가 눈은 왜 이렇게 크담!"

　엄마 은빛이가 즐거운 웃음을 터뜨립니다.

　"그래서 더 예쁜 것 같아요!"

　아기들의 이름이 지어졌습니다. 침착하고 차분한 솔랑이, 다정하고 애교 많은 졸랑이, 그리고 색깔이 거무스름한데다 눈이 크고 툭 튀어나온 매우 활발한 녀석은 방울이가 되었어요.

그런데 방울인 엄청 부지런하네요. 조그만 꼬리지느러미를 흔들면서 벌써부터 동네방네 안 가는 데가 없답니다. 금빛이, 은빛이는 만날 방울이를 찾느라 법석을 떨었습니다.

"방울아! 방울아!"

메기 할아버지랑 미꾸라지 아저씨가 웃으며 방울이를 찾아주었어요.

"여기 돌 틈에 숨어서 엄마, 아빠를 보고 있잖아!"

"그 녀석 눈이 되게 크네. 지금 보니까 눈만 있는 것 같아."

"맞아! 방울이가 아니라 퉁방울이네."

모두 방울이를 퉁방울이라고 불렀답니다. 그래서 방울인 그만 퉁방울이 되었어요.

강이 후우 입김을 산에 불어대네요. 뽀얀 물안개가 무지개를 만들면서 피어납니다. 마치 하늘과 산을 연결하는 것처럼.

물안개는 뭉글뭉글 산에서 구름까지 이어집니다.

"어머! 저것 좀 봐. 안개가 하늘까지 올라가면 큰비가 온댔는데."

아이들이 한참 신이 나게 물장구를 치고 있습니다. 그런데 비 들어온다고 엄마들이 고래고래 소리쳐 부르는군요. 아이들은 처음엔 못 들은 체하네요. 마침내 성질 급한 빗방울이 툭툭 떨어집니다.

"아! 차가워!"

그제야 아이들은 하나 둘 개울을 떠납니다. 잠시 후 개울에는 아이들이 한 명도 남지 않습니다. 그때야 바위틈에서 숨죽이던 붕어 형제들이 살살 움직입니다.

“엄마! 이제 놀러 나가도 되지요?”

“그런데 퉁방울은 어디 갔니?”

솔랑이, 졸랑이는 못 들은 체합니다. 사실은 아까 퉁방울이 이상하게 생겼다고 친구들이 놀렸거든요. 기분이 상한 퉁방울은 집으로 가버렸습니다.

“내가 가서 퉁방울 데려올까?”

졸랑이가 솔랑이한테 물으니까 솔랑이는 싫어! 하고 휙! 돌아섭니다. 졸랑이는 잠깐 생각해봤습니다. 어떻게 할까? 퉁방울을 데리고 다니면 말썽이나 부리지 뭐, 에이! 그냥 우리끼리 놀자. 졸랑이도 솔랑이 뒤를 따라 가버립니다. 셋이 같이 다니면 모두 수군수군해요.

“쟤도 금빛이, 은빛이 아들이야? 근데 왜 저렇게 생겼어?”

“글쎄! 전혀 안 닮았는데?”

“금빛도 아니고, 은빛도 아니네.”

하도 그러니까 솔랑이, 졸랑이도 퉁방울하고 놀기가 싫더라고요.

한편 삐쳐서 혼자 집에 간 퉁방울은 솔랑이나 졸랑이, 둘 중 하나가 데리러 올
줄 알았어요. 그런데 아무도 안 오잖아요.

"어? 이럴 수가! 이젠 나랑 안 놀 작정인가?"

퉁방울은 단단히 화가 났습니다.

"좋아! 나도 이제 너희랑 안 놀아!"

그래서 퉁방울은 혼자 여기저기 돌아다녔어요. 그러면서 혹시 솔랑이나 졸랑 이를 만나지 않을까, 자꾸 뒤를 돌아봤습니다. 슬슬 솔랑이, 졸랑이도 퉁방울이 궁금하기 시작했습니다. 그래서 찾아다녔습니다. 그렇지만 퉁방울의 모습이 좀처럼 안 보입니다. 왜냐면 길이 서로 어긋났거든요.

얼마나 돌아다녔을까요. 마침내 퉁방울은 자신이 멀리 왔다는 걸 깨달았어요.
처음 보는 거대한 돌산이 있는가 하면, 이름도 모르는 키가 장대 같은 물풀이 길
을 가로막습니다. 여기가 어디지? 엄마가 멀리 가면 안 된다고 했는데.
퉁방울은 당황했습니다. 그때 귀에 익은 목소리가 들렸어요.

“퉁방울! 너 여기까지 웬일이냐?”

“어! 퉁 삼촌, 안녕하세요?”

마침 이곳을 지나가던 개구리 퉁 삼촌을 만난 거예요.

“너 엄마가 혼자 돌아다니면 안 된다고 했을 텐데.”

퉁방울은 막 눈물이 나려던 참이었어요. 그런 퉁방울을 본 퉁 삼촌은 꾸중을 멈춥니다. 그리고 퉁방울을 집까지 데려다 주었어요.

“다신 먼 데까지 가면 안 된다!”

집에는 아무도 없네요. 내가 길을 잃을 뻔했는데 그걸 아무도 모르네. 속이 상한 퉁방울은 도로 집에서 나와 버렸어요. 이럴 수가 있어? 난, 난 아무래도 주워 왔나 봐! 생긴 것도 다르잖아! 저만치에서 다른 친구들이 무리 지어 놀고 있습니다. 퉁방울은 그리로 가려다가 방향을 돌립니다. 놀릴까 봐 싫어!

“야! 퉁방울. 어디 갔다 왔니?”

누군가 큰 소리로 불렀지만 못 들은 척했어요. 졸랑이가 허겁지겁 쫓아오는군요.

“얼마나 찾았는지 알아? 또 어디 가는 거야?”

“날 찾았다고? 정말?”

찾았다는 말에 퉁방울의 마음이 조금 누그러졌어요. 그래서 못 이기는 체 졸랑이와 함께 어울리기로 했습니다. 혼자 돌아다니는 것은 사실 심심해요.

친구들은 무리 지어서 물줄기를 따라 헤엄치기도 하고 물을 거슬러 올라가기도 하며 재미나게 놀고 있네요.

“야! 저긴 못 보던 곳이네! 가보자!”

퉁방울이 푹 파인 웅덩이를 보고 소리쳤습니다.

“안 돼, 거긴 가지 마! 위험하댔어!”

솔랑이가 말립니다. 쳇, 겁쟁이! 위험하긴 뭐가 위험해? 퉁방울은 잘난 척 큰 소리칩니다.

“난 겁쟁이가 아니야! 들어가서 한번 놀아볼 거야.”

웅덩이에 들어간 퉁방울은 맴을 돌기도 하고 모래를 물었다 뱉었다 하며 신나게 놉니다. 솔랑이, 졸랑이는 웅덩이 밖에서 바라보고 있습니다. 한참 안을 휘젓고 다녔지만 아무런 일도 없습니다. 퉁방울은 자랑했습니다.

“봐! 아무렇지도 않지.”

“이제 그만 집에 돌아가자.”

솔랑이도 졸랑이도 집에 가자고 합니다. 그러고 보니 다른 친구들도 집으로 하나 둘 돌아가고 있습니다. 퉁방울은 할 수 없이 웅덩이에서 나옵니다.

집에 돌아온 솔랑이는 퉁방울이 웅덩이에 들어가서 놀았다고 엄마 은빛이에게 일렀어요. 엄마는 깜짝 놀랍니다.

"퉁방울! 너 웅덩이에 들어갔었니?"

"……."

퉁방울은 아무 말도 못 합니다. 엄마는 마구 야단칩니다.

"거긴 위험하다고, 엄마가 말 했어 안 했어? 또 거기 갈 거야?"

"하나도 위험하지 않던데?"

퉁방울은 엄마가 야속합니다. 솔랑이도 밉고요. 비겁한 고자질쟁이! 엄마는 솔랑이만 예뻐하고 난 미운가 봐. 그리고 웅덩이가 뭐가 위험하다는 거야? 재밌기만 하던데.

아빠 금빛이가 말렸습니다.

"여보, 그만 야단쳐요. 우리 퉁방울이 다신 안 그럴 거야."

　엄마는 퉁방울에게 또 웅덩이에 가면 매를 때린다고 엄포를 놓았어요. 퉁방울
은 울면서 잠자리에 들었습니다. 엄마랑 솔랑이, 졸랑이는 내가 미운가 봐. 아빠
만 내 편이야.

그 밤 퉁방울은 꿈을 꾸었습니다. 꿈속에서 웅덩이를 찾아가 실컷 놀았답
니다. 빨간 금붕어 여자 친구도 만났고요.

다음 날 아침.

퉁방울은 생각했습니다. 아무도 몰래 나 혼자 웅덩이에 가서 놀아야지. 가지 마라니까 이상하게 더 가고 싶어져요. 퉁방울은 혼자 웅덩이를 찾아갔어요.

"여기는 내 비밀의 장소야. 나도 컸으니까 나만의 장소가 필요해!"

퉁방울은 점점 더 웅덩이가 좋아졌습니다.

그런데 꿈에서처럼 예쁜 여자 금붕어가 왔어요.

"아! 쟤는 꿈에서 본 바로 그 애야!"

퉁방울은 반가웠습니다. 그렇지만 퉁방울은 괜히 눈을 부라렸습니다.

"여긴 내 비밀의 장소야! 넌 여기 못 들어와!"

금붕어 아롱이는 조금도 기죽지 않고 색깔처럼 아주 예쁜 목소리로 말했습니다.

"나에게도 여긴 비밀의 장소인걸."

퉁방울은 심각해졌습니다. 그래?

　처음엔 그랬지만, 둘은 이내 친해졌어요. 둘이는 사이좋게 놀았답니다. 그런데 아롱이가 말했어요.

　"나 내일부턴 여기 오지 않을 거야."

　"왜?"

　아롱이가 가르쳐주었습니다. 이 웅덩이는 보기엔 깊은 것 같지만 날이 가물면 제일 먼저 메마른데요.

　"벌써 가물기 시작했어. 이제 비가 많이 올 때까지 여기 오면 안 돼."

　퉁방울이 보기에는 웅덩이가 조금 파였을 뿐이지, 다른 물속과 다름없습니다. 아롱이는 무언가 더 할 말이 있는 듯 보였어요. 그렇지만 더 말하지 않았습니다.

　"안녕!"

　아롱이 뒷모습을 보고 있던 퉁방울도 집으로 돌아갔습니다. 퉁방울은 몇 번이나 웅덩이를 가봤지만 아롱이는 오지 않습니다. 퉁방울도 당분간 웅덩이를 찾지 않기로 했습니다.

어른들이 비가 안 온다고 걱정합니다. 이렇게 비가 안 오면 안 되는데, 큰일이
야, 정말. 퉁방울은 엄마한테 비가 안 오면 왜 큰일 나느냐고 물었습니다. 엄마
은빛이는 퉁방울을 가만히 바라보다가 너는 몰라도 된다고 대답했습니다. 그러
면서 웅덩이에 가지 말라고 다시 타일렀어요.

퉁방울은 웅덩이가 생각났습니다. 아롱이 생각도요. 아롱이가 보고 싶어지는 거예요. 오랜만에 한번 가볼까? 그래서 웅덩이에 놀러 가봤습니다. 아닌 게 아니라 물이 많이 적어요. 웅덩이에 가는 길도 좁아지고 웅덩이 속도 좁아졌어요.

그래도 퉁방울은 혼자 웅덩이 속을 휘저으며 신나게 놀았습니다. 그러면서 혹
시 아롱이가 오지 않을까 기다렸습니다. 기다려도 아롱이는 오지 않았습니다.

한참을 혼자 놀다가 퉁방울은 이제 그만 집에 가자 생각했습니다. 그런데, 어? 이상하다. 길이 왜 이렇지? 길이 아주 없어진 건 아닌데, 그새 물이 많이 줄어서 헤엄칠 수가 없어요. 퉁방울은 깜짝 놀랐습니다. 거기 누구 없어요? 길이 없어 졌어요! 지나가던 다른 물고기들이 혀를 끌끌 찼습니다.
"쯧쯧, 해마다 말 안 듣는 녀석 한둘이 꼭 있다니까."
"저걸 어째. 올해는 저 녀석이구먼."

　통방울은 아무튼 헤엄쳐보려고 했습니다. 굉장히 위험한 일이었습니다. 물이 너무 적어, 통망울의 몸을 가려주지 못해요. 새라도 보면, 콕 찍어 먹어버릴 텐데. 그래도 물줄기를 따라 움직이려던 통방울은 커다란 황새가 저만치 있는 걸 보고 간이 콩알만 해졌습니다. 얼른 웅덩이 속으로 숨었지요. 시간이 지나 밖으로 나온 통방울은 기가 막혔습니다. 황새는 어디로 가버렸지만, 길도 아주 없어졌어요. 웅덩이 속 물이 아까보다 훨씬 줄어버린 거예요. 통방울은 비로소 엄마가 왜 웅덩이에 가지 말랬는지 깨달았습니다. 아! 이래서 그랬구나! 엄마 말씀을 잘 들을걸. 아무리 후회해도 소용없습니다.

"퉁방울! 이걸 어떻게 해? 우리 퉁방울 어떻게 해!"

어떻게 알았는지 가족들이 쫓아왔어요. 엄마 은빛이는 체면도 없이 엉엉 소리쳐 울어요. 솔랑이, 졸랑이도 엄마 옆에서 같이 울고요. 아빠 금빛이가 무언가 골똘히 생각하다가 입을 열었어요.

"이대로 보고 있을 수는 없어요. 우리 퉁방울을 얼른 이 깊은 물로 데려와야 해요."

"그걸 누가 몰라요? 무슨 수가 있느냐고, 글쎄."

해마다 이 웅덩이에서 사고가 있었답니다. 모두 퉁방울처럼 엄마 말을 안 듣던 애래요. 가족들은 애간장을 태우며 눈앞에서 죽어가는 걸 바라볼 수밖에 없었대요.

보고 싶던 아롱이도 왔어요. 아롱이는 퉁방울을 보자마자 눈물부터 뚝뚝 흘렸어요.

"바보! 큰비가 올 때까지 웅덩이에 오지 말랬잖아!"

퉁방울은 미안하고 부끄러웠어요. 엄마, 아빠, 솔랑이, 졸랑이와 그리고 아롱이에게도.

"사실은 내 동생도 여기서 죽었단다."

"아! 그랬구나. 걔도 나처럼 엄마 말씀을 안 들었구나."

웅덩이 속은 좀 전보다 더 답답해졌어요. 아! 난 이제 죽어야 하나? 그렇지만 예쁜 아롱이가 보고 있으니까, 남자답게 씩씩하자! 우는 꼴이나 보일 순 없지! 퉁방울은 엄마 은빛이에게 말했습니다.

"엄마, 아빠. 잘못했어요. 그리고 엄마! 나 같은 아들 때문에 울지 마세요."

그랬더니 엄마 은빛이가 더 우는 거예요. 아빠 금빛이가 엄마 은빛이를 달랩니다.

"우리 친구 퉁이더러 구해달라고 합시다."

"퉁 씨요?"

엄마 은빛이 귀가 번쩍 뜨였어요. 언젠가 퉁 삼촌이 아기 참새도 구해주었잖아요. 웅덩이 물은 자꾸 줄어듭니다. 퉁방울은 답답해서 견딜 수가 없습니다. 이젠 정말 죽어야 하나보다 생각했어요. 그러자 어디선가 퉁 삼촌이 나타났습니다.

“은빛 씨! 제가 퉁방울을 구해줄 테니 걱정하지 마세요.”

퉁 삼촌은 펄쩍펄쩍 뛰어서 퉁방울에게 갔어요. 퉁방울을 지그시 노려보던 퉁 삼촌은 드디어 입을 쩍! 벌립니다. 막 퉁방울이 퉁 삼촌의 입으로 들어가려는 찰나, 악! 비명을 지른 엄마 은빛이가 그만 기절을 해버리네요. 난리가 났습니다. 엄마! 엄마! 솔랑이, 졸랑이가 아까보다 더 큰 소리로 엉엉 울고요, 기껏 씩씩해지려고 애쓰던 퉁방울도 엉엉 울었어요.

퉁 삼촌은 미안하고 겸연쩍었습니다. 나 참! 어째야 할지 모르겠네, 원. 그러다가 슬그머니 그 자리를 떠나버렸어요. 모두 은빛이에게 정신이 팔려서 퉁 삼촌이 떠나는 것도 몰랐습니다. 뒤늦게 퉁 삼촌이 가버린 것을 안 아빠 금빛이는 기가 막혔어요.

“우리 퉁방울 좀 구해주고 가지.”

웅덩이 물은 자꾸 줄어들고, 퉁방울은 점점 숨이 가빠오는데 아! 어떡하나? 이때, 솔랑이가 긴 풀을 구해 왔습니다.

"퉁방울아! 이 풀을 던질 테니 입에 꽉! 물어 알았지?"

솔랑이가 풀을 던졌어요. 퉁방울이 용케 물었어요. 아빠 금빛이랑 솔랑이, 졸랑이가 모두 달려들어 잡아당깁니다. 영차! 영차! 마침 정신을 차린 엄마 은빛이가 눈을 크게 뜨고 쫓아옵니다. 그때 엄마가 울부짖었어요.

"참새!"

모두 기절할 만큼 놀랍니다. 입에 물고 있던 풀을 놓칩니다. 조금만 더 잡아당기면 되는데.

"은빛 씨! 나예요, 나 쨱이요."

아! 엄마, 아빠, 친구, 쨱 아줌마!

쨱 아줌마가 장담했어요.

"내가 퉁방울을 구해줄게요!"

"웅덩이 물이 바짝 타들어가고 있어요. 우리 퉁방울이 숨도 제대로 못 쉬네요. 어서 깊은 물로 데려와야 할 텐데……."

쨱 아줌마는 알았다고 고개를 끄덕이고 낮게 날아올랐어요. 그리고 퉁방울을 향해 내려왔어요. 쨱 아줌마가 막 퉁방울을 입으로 물어 올리려는 순간, 악! 하더니 엄마 은빛이가 또 기절해버립니다.

"아니! 왜? 난 퉁방울을 구해주려는 마음뿐인데."

쨱 아줌마는 기분 나빠져서 그냥 날아가 버립니다. 아빠 금빛이가 엄마 은빛이에게 야단을 칩니다.

"이러다가 우리 퉁방울이 죽으면 어떻게 해? 왜 기절하고 난리야!"

"나도 모르게 그러는 걸 어떻게 해요."

엄마 은빛이는 훌쩍훌쩍 울었습니다. 할 수 없이 다시 질기고 긴 풀을 구해 왔습니다. 퉁방울에게 물게 하고 온 가족이 다 덤벼서 잡아끕니다. 영차영차! 날은 얼마나 더운지 모릅니다. 퉁방울은 정신이 희미해지고 기운도 없습니다.

"정신 차리고 조금만 더 물고 있어!"

아빠가 소리칩니다.

그때 누군가 소리칩니다.

"비가 온다! 비야!"

비라고? 아무리 비가 와도 웅덩이까지 채우도록 오지 않으면 소용없어. 어서 잡아당겨!

그런데 퉁방울이 기운이 없어 그만 놓칩니다. 아빠, 엄마, 솔랑이, 졸랑이는 안타까워 어쩔 줄 모릅니다.

"아빠, 엄마. 안녕히 계세요. 솔랑아, 졸랑아. 너희는 부모님 말씀 잘 듣고 잘 살아. 나 대신 효도해야 해."

퉁방울이 울면서 말합니다. 솔랑이, 졸랑이도 울고, 아롱이도 흑흑 웁니다.

"퉁방울아! 우리가 잘못했어, 이럴 줄 알았으면 너랑 사이좋게 놀걸."

아빠 금빛이도 엄마 은빛이도 웁니다.

"오, 우리 아들 퉁방울아! 제발 힘을 내라."

"퉁방울아! 이 엄마를 생각해서라도 꼭 살아야 한다."

아롱이도 격려합니다.

"퉁방울아! 비가 많이 온댔어! 조금만 더 견뎌!"

　그렇지만 아롱이의 목소리가 가물가물 들립니다. 이젠 죽나 보다. 그렇지만 퉁방울은 다행히 죽지 않고 살 수 있었습니다. 굵은 비가 급하게 많이 왔기 때문이지요. 물이 넉넉해졌을 때, 엄마, 아빠와 솔랑이, 졸랑이, 그리고 아롱이는 헤엄쳐서 퉁방울에게 다가갔어요. 아롱이가 눈물을 흘리자 퉁방울의 얼굴에 떨어집니다. 그 때문일까요? 퉁방울은 눈을 떴습니다. 모두 퉁방울을 데리고 웅덩이를 빠져나옵니다.

아! 이제 살았다! 퉁방울이 외칩니다. 엄마가 말했어요. 넌 이따 집에 가서 매
맞을 줄 알아! 퉁방울은 그래도 너무나 행복했습니다. 엄마, 이제 다신 엄마 말
어기지 않겠어요. 착한 아들 될래요.

그 후 퉁방울은 웅덩이 앞에까지 놀러 와도 절대로 웅덩이 안에는 들어가지 않는답니다. 정말 너무 혼이 났기 때문이지요. 퉁방울, 솔랑이, 졸랑이는 더 사이좋은 형제가 됐어요. 청석공원 무지개다리 밑에 가보세요. 맑은 물에서 헤엄치는 붕어 삼 형제와 예쁜 금붕어 아롱이를 볼 수 있을 거예요.